À pas de loup

L'arbre à saucisses de Mimi Réglisse

Texte: Lili Chartrand
Illustrations: Paule Bellavance

Dominique et Compagnie

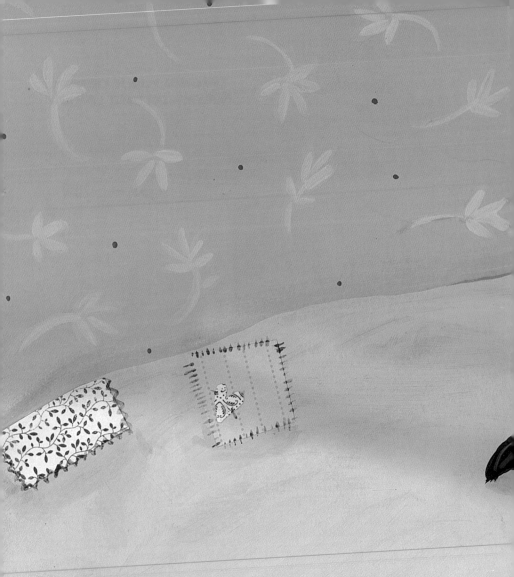

Mimi Réglisse se réveille en sursaut. La porte
d'entrée a claqué. C'est sa vilaine tante Licorice
qui vient de partir à un congrès de sorciers.

La petite sorcière regarde le réveil : il est huit heures.
Pourtant, la chambre baigne dans la pénombre.
Pourquoi la lumière n'entre-t-elle pas par la fenêtre ?
Curieuse, Mimi Réglisse s'en approche.

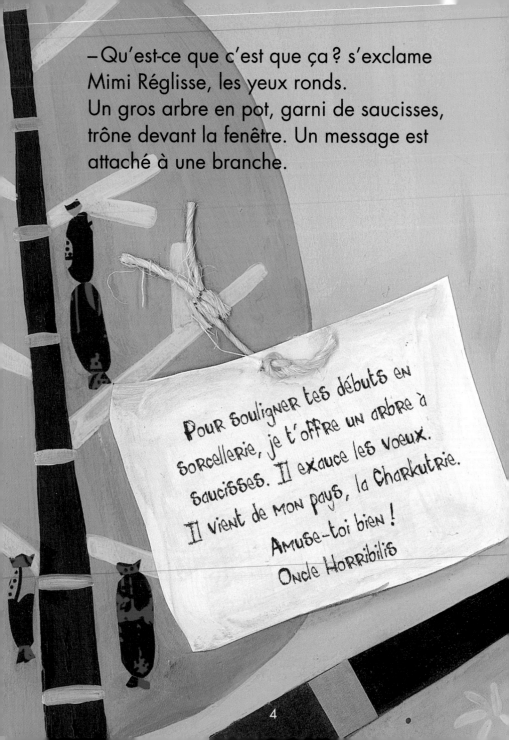

–Qu'est-ce que c'est que ça? s'exclame
Mimi Réglisse, les yeux ronds.
Un gros arbre en pot, garni de saucisses,
trône devant la fenêtre. Un message est
attaché à une branche.

Pour souligner tes débuts en
sorcellerie, je t'offre un arbre à
saucisses. Il exauce les voeux.
Il vient de mon pays, la Charkutrie.
Amuse-toi bien!
Oncle Horribilis

Mimi Réglisse n'a jamais rencontré son oncle Horribilis. Elle se méfie : c'est le frère de la méchante Licorice. L'arbre à saucisses est peut-être maléfique ! La petite sorcière téléphone à ses amis pour avoir leur avis.

Jérémie, mamie Flavie et Tobie le chien arrivent
vite à la forêt Fourchue. Mimi Réglisse leur montre
une photo d'Horribilis avec Licorice.
–Ton oncle a l'air aussi mauvais que ta tante !
s'exclame Jérémie.
–On ne doit pas se fier aux apparences, déclare
mamie Flavie. Il faut essayer l'arbre pour le savoir.

Soudain, Jérémie pousse un cri. Deux rats grignotent ses souliers.
—Tu pourrais souhaiter que les milliers de rats disparaissent! suggère le garçon. Tobie n'arrive même pas à les chasser!
—Tu as raison! approuve la petite sorcière.

Elle s'approche de l'arbre à saucisses.
—Je désire que cette forêt se transforme en paysage de conte de fées! dit-elle en tirant, ploc! une saucisse.

D'un coup, la maison couverte de
champignons devient lisse et rose bonbon.
Les arbres pourris se garnissent de feuilles
et de fruits. Quant au sol envahi de rats,
il se change en parterre de pétunias.
–Que c'est joli ! s'émerveille Mimi Réglisse.
Il n'y a donc pas de piège ! À votre tour
de faire un vœu.

–Je veux être très fort! demande Jérémie
en tirant, ploc! une saucisse.
–Et moi, je souhaite retrouver l'agilité de
ma jeunesse, lance mamie Flavie en tirant,
ploc! une autre saucisse.

Catastrophe ! Jérémie se transforme
en bœuf et mamie Flavie, en singe !
— On dirait que cet arbre aime rigoler,
crie mamie Flavie en sautant sur
l'épaule de Mimi Réglisse. On dit :
agile comme un singe et fort comme
un bœuf !
— Ce n'est pas drôle ! meugle Jérémie.
— Je veux que mes amis retrouvent
leur apparence normale, demande
aussitôt la petite sorcière en tirant,
ploc ! une saucisse.

Jérémie et mamie Flavie ne changent pas d'un poil.
Mimi Réglisse, elle, se retrouve avec des oreilles de
lapin et des moustaches ! Mécontente, elle pousse
soudain un cri :
– Un pétunia m'a mordue !

La petite sorcière cueille alors une pomme et la croque. Elle est en plastique !

– Il n'y a pas de doute, cet arbre exauce les vœux à sa façon : en jouant des tours ! déclare-t-elle.

– Tobie, ne mange pas cette saucisse ! meugle tout à coup Jérémie.

Trop tard.

Sous les yeux horrifiés des trois amis,
Tobie se transforme en énorme dragon.
À chaque aboiement, il crache des
flammes grosses comme des éléphants.
Le trio se réfugie derrière un arbre.
Mimi Réglisse pense aux mille formules
dans sa tête. Il y en a sûrement une
qui peut annuler ce maléfice.
– Touplin Debula ! prononce-t-elle en
tirant sa tresse gauche.

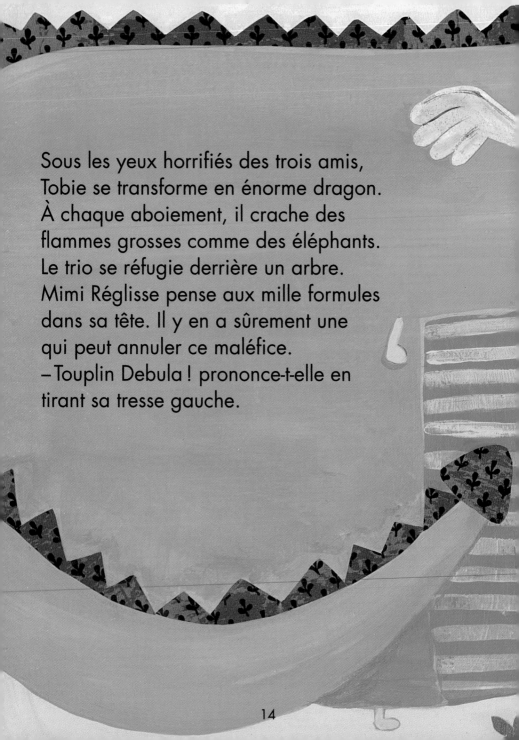

Pouf ! Tobie le dragon crache
maintenant des bulles !
—Je me suis encore trompée de
formule ! gémit Mimi Réglisse.
—Des bulles, c'est mieux que du
feu ! assure mamie Flavie.

16

La petite sorcière réfléchit.
– Seul Horribilis peut nous sortir de ce mauvais pas.
– Comment faire pour le retrouver ? meugle Jérémie.

La petite sorcière regarde Tobie voler au-dessus de
la forêt fleurie. Elle déclare :
– Grâce à son flair de dragon, Tobie nous conduira
en Charkutrie !

Tobie vole si vite qu'ils arrivent en moins de deux
en Charkutrie. Le dragon se pose au pied d'une
montagne. D'une caverne sort alors un homme dodu,
muni d'une baguette pointue. Mimi Réglisse
reconnaît Horribilis.
– Qui êtes-vous ? demande-t-il.
– Je suis Mimi Réglisse et voici mes amis, répond-elle.
Je vous rapporte votre arbre à saucisses. Je veux
que vous annuliez ce qu'il a fait.

– Mon arbre farceur ne te plaît pas ? s'étonne
Horribilis. Il est pourtant facile d'emploi, il n'y a pas
de formules à retenir. Puis le résultat est si rigolo !
Hi ! Hi ! Hi !

Devant l'air furieux de sa nièce, il ajoute :
– Licorice ne t'a jamais parlé de moi, n'est-ce pas ?

Mimi Réglisse secoue la tête.
– J'aurais dû y penser, soupire Horribilis. Elle a honte
de moi parce que je ne suis pas un méchant sorcier.

–C'est une autre de vos farces? réplique
Mimi Réglisse. Votre arbre à saucisses est gentil,
peut-être?
–Il n'est pas si méchant! proteste Horribilis.
Les farces durent quelques heures à peine. C'est
plus fort que moi, j'adore faire des blagues!

20

Les yeux pleins de larmes, Mimi Réglisse s'indigne :
– Je ne trouve pas ça drôle du tout !
– Nom d'un jambon farci ! s'exclame Horribilis.
Je voulais te jouer un tour, pas te faire de la peine !

D'un air penaud, il ajoute :
– Tu as raison : faire des blagues, ce n'est pas
toujours drôle… Tu m'en veux beaucoup ?
– J'oublie cette histoire si vous annulez ce que
l'arbre a fait, lance Mimi Réglisse.

Sans hésiter, Horribilis dirige vers l'arbre sa
baguette pointue. Il prononce une formule
compliquée. Pouf! L'arbre disparaît dans un
nuage à l'odeur de saucisse fumée. Repouf!
Mamie Flavie, Jérémie et Tobie retrouvent
leur aspect habituel.

Horribilis invite alors le quatuor à prendre le thé. Malgré le sucre changé en sel et les biscuits qui bondissent comme des sauterelles, Mimi Réglisse et ses amis apprécient ce tonton farceur.

Le moment du départ arrive. Horribilis
s'approche de Mimi Réglisse.
– Pour me faire pardonner, j'aimerais exaucer
ton vœu le plus cher.
– J'ai toujours voulu un chat. Mais Licorice
les déteste car elle est allergique…

Aussitôt, un adorable chaton apparaît dans
les bras de la petite sorcière.
– Qu'il est mignon ! s'exclame-t-elle. Je ne peux
pas l'accepter, Licorice va…
– Mais si ! l'interrompt son oncle. Il sera invisible
pour Licorice. Elle éternuera sans comprendre
pourquoi. Hi ! Hi ! Hi ! C'est une bonne blague,
non ?

Mimi Réglisse et ses amis éclatent de rire. Horribilis glisse alors quelques mots à l'oreille de sa nièce. Soudain, la petite sorcière lui saute au cou, sous le regard étonné de ses amis.
Tout ému, Horribilis renvoie le quatuor dans la forêt Fourchue d'un coup de baguette pointue.

Dans la forêt Fourchue, le paysage de conte de fées
a disparu. Mamie Flavie se penche pour chasser un
rat. Elle s'étonne :
– On dirait que mes jambes sont plus souples !
– Eh ! Regardez-moi ! exulte Jérémie en soulevant une
grosse pierre.

Quant à Tobie, il jappe si fort que les rats s'enfuient en un temps record !

Devant l'air surpris de ses amis, Mimi
Réglisse avoue :
— Mon oncle a ensorcelé votre thé pour
que vos vœux se réalisent.
— Il a un cœur d'or, comme toi ! affirme
mamie Flavie avec un grand sourire.

– Mon vœu secret a été exaucé,
ajoute la petite sorcière.
– Quel était-il ? demandent en même
temps Jérémie et mamie Flavie.

– Avoir un oncle gentil ! répond Mimi Réglisse
en sautant dans les airs. Youpi !

Lis-tu avec des yeux magiques ?

C'est ce qu'on va voir…

Essaie de répondre aux questions suivantes.

1 De quel pays vient l'oncle Horribilis ?
a) Charkutrie.
b) Kincaillerie.
c) Deukarie.

2 Quel souhait Jérémie fait-il en tirant la saucisse ?
a) « Je veux que Tobie devienne un dragon. »
b) « Je veux que tous les rats de la forêt Fourchue disparaissent. »
c) « Je veux être très fort. »

3 Qu'a fait le chien Tobie pour être transformé en dragon ?
a) Il a aboyé trop fort.
b) Il a mangé une des saucisses de l'arbre magique.
c) Il n'a rien fait. C'est Mimi Réglisse qui lui a jeté un sort sans faire exprès.

4 Pourquoi la tante Licorice n'aime-t-elle pas les chats ?
a) Elle y est allergique.
b) Elle préfère les rats.
c) Elle trouve qu'ils sont trop mignons.

Tu peux vérifier tes réponses en consultant le site Internet des éditions Dominique et compagnie, à :
www.dominiqueetcompagnie.com/apasdeloup.

À cette adresse, tu trouveras aussi des informations sur les autres titres de la série, des renseignements sur l'auteure et l'illustratrice et plein de choses intéressantes !

Tu as aimé cette histoire?
Tu as envie de lire toutes les aventures de Mimi Réglisse?

Voici les autres titres de cette série.